Une surprise pour Madame Poule

À tous les enfants.
Que les livres soient toujours une belle surprise pour eux !
L. R.

**Catalogage avant publication de
Bibliothèque et Archives nationales
du Québec et Bibliothèque et
Archives Canada**

Rousseau, Lina

Une surprise pour Madame Poule
Pour enfants de 3 ans et plus.
ISBN 978-2-89686-625-0

I. Favreau, Marie-Claude. II. Titre.

PS8635.O865S97 2013   jC843'.6   C2012-942083-2
PS9635.O865S97 2013

Chargée de projet : Françoise Robert
Graphiste : Dominique Simard
Réviseure : Valérie Quintal

Dépôt légal : 1er trimestre 2013
Bibliothèque et Archives du Québec
Bibliothèque nationale du Canada

Dominique et compagnie
300, rue Arran,
Saint-Lambert (Québec)
Canada J4R 1K5
Téléphone : 514 875-0327
Télécopieur : 450 672-5448
Courriel : dominiqueetcompagnie@editionsheritage.com

www.dominiqueetcompagnie.com

Imprimé en Chine

Merci à Dominique Caron, Hélène Chouinard,
Diane Defoy, Alexandra Gosselin et Sarah Tremblay
pour leur collaboration.

Nous reconnaissons l'aide financière du gouvernement
du Canada par l'entremise du Fonds du livre du Canada
et par le Conseil des Arts du Canada.

Nous reconnaissons l'aide financière du gouvernement
du Québec par l'entremise du Programme de crédit d'impôt –
SODEC – Programme d'aide à l'édition de livres.

Une surprise pour Madame Poule

pour
Madame Poule

Lina Rousseau
Marie-Claude Favreau

Dominique et compagnie

Dès son réveil, Monsieur Loup s'étire, pousse son édredon
et se lève pour écarter les rideaux qui flottent au vent.
« Mais quelle heure est-il ? Je n'ai pas entendu *chan..an..an..ter*
Monsieur Coq », marmonne-t-il en bâillant.

« Il pleut, il pleut, ma chère, rentre tes blancs moutons…
chantonne-t-il, le cœur plein d'amour.
Je suis tellement heureux. Aujourd'hui est un grand jour ! »

Monsieur Loup a décidé d'inviter Madame Poule pour le goûter.
Sans tarder, il met sa robe de chambre en ratine,
saute dans ses pantoufles et fonce vers la cuisine.
Tout resplendit !

Hier, Monsieur Loup a minutieusement rangé, épousseté et lavé
chaque recoin de sa maison. Il n'y a plus un brin de poussière !
« Déjà 8 heures ? Oh ! Dépêchons, dépêchons, poils de cochon ! »

Monsieur Loup se prépare aussitôt
un gros bol de gruau et un chocolat chaud.
« Bonjour, Citron ! » dit-il à son perroquet
qui se gratte le menton.
« Poils de cochon ! Poils de cochon ! »
répète le perroquet, juché sur son melon.

Poils de cochon !

Complètement rassasié,
Monsieur Loup fait ensuite sa toilette.
Rien de mieux qu'un bain moussant et parfumé
pour rêver à sa dulcinée !
« Ouille ! ouille ! C'est chaud ! »
constate-t-il en trempant
le bout de sa patte
dans l'eau.

Puis, il s'y glisse courageusement et chante d'une voix de ténor :

Toréador, frotte, frotte, frotte bien fort

Toréador, encore plus fort...

Tout propre et dispos,
Monsieur Loup s'installe au salon
pour rédiger son invitation.

DE **MÉMOIRE** DE LOUP...
JAMAIS IL N'A ÉTÉ
AUSSI **ÉNERVÉ** !

Il s'apprête à écrire,
mais il butte sur
le premier mot...

MADEMOISELLE...

« Euh... non ! »
murmure Monsieur Loup
en mordillant son crayon.

Fouille, fouille, fouille dans mon dictionnaire
Cherche, cherche, cherche dans ma grammaire
Fouille, fouille, fouille... cherche, cherche, cherche
Quel est donc ce mot mystère ?

MADAME...
« Madame Poule ! » lance le perroquet,
comme s'il criait au loup.
CHÈRE MADAME POULE...
« Bravo, Citron ! Tu as trouvé ! »

Tout à coup… **Driiiiing, driiiiing !**

« Allô ! Pardon ? Théo ?
Non… Vous vous trompez de
numéro ! » répond Monsieur Loup
en raccrochant subito presto.

Théo ?

Vite, il retourne s'asseoir
et poursuit sa tâche, rempli d'espoir.

… J'AI VRAIMENT TRÈS ENVIE DE…

Toc, toc, toc !

« Poils de raton ! Qui est là ? » s'impatiente Monsieur Loup.

« Ah, Monsieur Coq ! Que puis-je faire pour vous ? »

« Bon… bon… bonjour, Monsieur Loup.

Pourrais-je vous emp… p… prunter une tasse de…

de sucre à glacer, s'il vous plaît ? »

« Avec plaisir ! Attendez-moi un instant.

Je vous en apporte une immédiatement ! »

le rassure-t-il en se dépêchant.

Monsieur Coq parti, Monsieur Loup poursuit son petit mot gentil.

...VOUS INVITER CHEZ MOI À...

« Encore dérangé ! »
fulmine Monsieur Loup,
les dents serrées.

Driiiiiing,
driiiiiing !

Dring, dring, dring,
que puis-je faire pour vous ?
Toc, toc, toc, que me voulez-vous ?
Dring, dring, dring... toc, toc, toc
Comment allez-vous ?

« Allô !... Oui, ici Monsieur Loup.
Ma bicyclette est déjà réparée ?
Merci beaucoup !
Je passerai la chercher ! »
confirme-t-il sans hésiter.

Monsieur Loup soupire.

« Ouf ! Où en étais-je ?
Décidément, pas moyen d'écrire tranquille ! »
bougonne-t-il en tentant de reprendre le fil.

... 16 HEURES PRÉCISÉMENT
POUR PARTAGER AVEC MOI
UN BON...

Toc, toc, toc !

« Qui est-ce encore ? »
hurle Monsieur Loup
un peu trop fort.

« C'est moi, Monsieur Mouton !
J'ai un colis pour vous ! »
réplique le facteur en s'étirant le cou.

Monsieur Loup se souvient alors
qu'il a commandé des graines pour son jardin.

« Merci, Monsieur Mouton !
Passez une belle journée ! »

Excédé, Monsieur Loup se précipite à la cuisine
pour bricoler un écriteau qu'il revient fixer sur sa porte d'entrée.

« Enfin ! Je vais pouvoir continuer
à rédiger mon invitation. »

Absorbé dans sa composition,
Monsieur Loup griffonne, efface,
rature, corrige…

« Jamais je n'y arriverai ! »
se lamente-t-il, découragé.

De son côté, Madame Poule est fort occupée.
Elle a quelque chose à terminer…

Fouille, fouille, fouille dans mon dictionnaire
Cherche, cherche, cherche dans ma grammaire
Fouille, fouille, fouille… cherche, cherche, cherche
Quel est donc ce mot mystère?

À peine a-t-elle fini qu'elle enfile sa plus belle robe jaune canari.
Comme le soleil a chassé la pluie,
elle saute sur son vélo et pédale joyeusement
jusqu'à la maison de Monsieur Loup, son ami.

Dring, dring, dring, que puis-je faire pour vous ?
Toc, toc, toc, que me voulez-vous ?
Dring, dring, dring... toc, toc, toc
Comment allez-vous ?

Soudain, elle remarque la pancarte.

« Oh, oh, la belle affaire.
Mais que vais-je faire ? »
réfléchit-elle, les yeux en l'air.
DE **MÉMOIRE** DE POULE...
JAMAIS ELLE N'A ÉTÉ
AUSSI **EMBÊTÉE** !

« Ah, ah ! J'ai une bonne idée », ricane-t-elle en retournant chez elle.

Et la voilà qui revient
avec une tarte fumante aux petits fruits.

« Miam ! Quelle bonne odeur ! »
s'exclame Monsieur Loup
en ouvrant la porte d'entrée.
C'est alors qu'il tombe nez à nez
avec Madame Poule
qui lui fait les yeux doux.

« Je venais vous convier à un goûter ! »
lui déclare-t-elle, un peu intimidée.

« Un goûter ? Mais Madame Poule,
vous lisez dans mes pensées !
Je voulais moi aussi
vous inviter… »

«Quel bonheur de vous avoir à mes côtés,
susurre Monsieur Loup à l'oreille de Madame Poule.
Je suis enchanté !»

DE **MÉMOIRE** DE POULE...
JAMAIS ON N'A VU
JAMAIS ON NE VERRA
UN GRAND MONSIEUR LOUP
SI HEUREUX QUE ÇA !